全国高等院校古籍整理研究工作委员会重点科研项目
（项目编号：GJ2014001）

周小艳 仝广顺 整理

觏庵诗抄

（明）陆贻典 著

社会科学文献出版社
SOCIAL SCIENCES ACADEMIC PRESS (CHINA)

整理者简介

周小艳，河北青龙人，河北大学文学院副教授、硕士生导师，中国古代文学博士、华东师范大学中国语言文学流动站博士后、中国社会科学院中国语言文学流动站博士后，中国古代文学理论学会理事，河北省青年拔尖人才、河北大学坤舆青年学者。主要从事中国文学批评史、元明清文学和文献学方面的研究，曾在《文献》《河北学刊》《古代文学理论研究》等刊物发表论文十余篇。主持国家社科基金后期资助项目1项，全国高校古籍整理委员会项目2项，保定市社科基金项目2项，河北省社科联项目1项；参与国家社科基金重大招标项目1项，河北省教育厅重大项目1项。目前正在整理校笺《二冯先生全集》和《才调集集注汇评》。

全广顺，山东无棣人，河北大学校园管理处办公室主任，工商管理专业研究生，研究方向为企业管理，在《经济研究参考》等核心期刊发表论文多篇，主持河北省社科基金1项，河北省人社厅课题2项。

陆敕先诗集序

余老皈空门，迢然以前尘影事，洮汰一切。顾于平生旧游、昔友未能舍，然风前月下，时时馀尘瞥起，自知犹落情网中，悔忏除不早也。陆子敕先，别余垂二十年，客岁赋上巳文讌诗，连章及余，余心为痒痒然。顷手排其诗稿示余，寒窗短檠读之，分夜不忍释手。庄生有言，越人去国期年，见似人者而喜，逃虚空者，闻人足音跫然而喜。古之至人，犹不能无情，而况于余乎？佛言众生为有情，此世界为情世界。儒者之所谓五性亦情也。性不能不动而为情，情不能不感而缘物。故曰情动于中而形于言。诗者，情之发于声音者也。古之君子笃于诗教者，其深情感荡，必著见于君臣朋友之间。少陵之结梦于夜郎也；元、白之计程于梁州也。由今思之，能使人色飞骨惊，当飨而叹，闻歌而泣，皆情之为也。余老耄屏居，为人世之长物，而敕先回翔记存，若昆弟亲戚謦欬于吾侧者。昔人梦中相寻，再三却反，何以异此？敕先盖斯世之有情人也，其为诗安得而不工？读敕先之诗者，或听其扬徵骋角，以按其节奏；

或观其繁弦缛绣以炫其文采；或搜访其食跖祭獭、采珠拾翠以矜其渊博。而不知其根深殖厚，以性情为精神，以学问为孚尹，盖有志于缘情绮丽之诗，而非以俪花斗叶，颠倒相上者也。余于采诗之后，撰《吾炙集》一编，盖唐人《箧中》之例，非敢以示人也。长干少年，疑余复有雌黄，戏题其后云："杜陵矜重数篇诗，《吾炙》新编不汝欺。但恐旁人轻着眼，针师门有卖针儿。"闻者一笑而解。今吾叙敕先诗，趣举吾两人交情，不敢妄有论次。老人多畏如此，可笑也。然敕先年力俱富，其诗名当益高，世之嗝嘲者，将不能致师于敕先，而又以贩针罪我乎？敕先其为我善备之哉！庚子嘉平月十有九日，江村老友蒙叟钱谦益序。

陆敕先诗序

常熟汇江海湖山之秀，而为吴郡一望县。在昔春秋时，先贤游于圣人之门，以文学显，而南方之学得其精华。汉唐以下，代有闻人。迄有明隆、万之季，古学凌夷，儒术衰息，兔园村夫子教其子弟，都为程文熟烂之习，而以博闻强识为讳，文采风流盖荡然矣。牧翁先生出而振起之，于是海内学者始知读书嗜古，一时人才群出其门下。而吾友陆子敕先者，先生之高第弟子也。敕先好学深思，沉酣载籍，作为诗歌，浑沦盘礴、含英咀华，得先生之教居多。闲尝读先生集，得《虞山诗约叙》，其告敕先累累数百言，而其指要归于风骚之义。欲学者深造自得，以求跂乎古人。敕先师承其训，镞砺刮摩多历年所，然后出其所作，撰次成集。余读之，而重有感也。士之为学，必有师。师者，所以传道授业解惑也。汉之韩、毛、马、郑之徒，其为诗也，训诂章句而已。学者犹然习其读而信其传，而况于作者乎？是故有屈子，则有宋玉；有退之，则有李翱；有永叔，则有圣俞、子美。莫不雅有渊源，递相祖述，所谓水湿火燥，各从其类者也。后世轻才小生，奋其私智，菲薄前人，其于先生长者之教，或身入其室而手操其戈，或阴用其言而阳背其说，风俗之日偷而人心之不正也，可胜叹哉！先生之论诗也，原本风骚，别裁伪体，盖文章之大成，诗人之总萃也。敕先尊先生之书，如法律之不违；用先生之道，如规矩之不易。其诗之日新月盛，又何疑乎？余自愧失学，艾而无闻，逝将卜宅尚湖之滨，问津于二三好古之君子，而得闻先生之绪论焉。敕先许我其以斯序为息壤可矣。蔚村同学弟陈瑚拜撰。

陆觏庵先生诗序

觏庵先生与冯钝吟游钱宗伯之门，才名相颉颃。先生学无所不窥，尤长于诗。自汉、魏、六朝、三唐、两宋莫不上下渔猎，含英茹华，以自成其一家之诗。为人高自标置，而不忤于物。赠友句云："与君百尺楼头卧，世上犹争上下床。"其风概可想矣。少年英气勃勃，常欲有所树立，时命不偶，乃颓然自放，全用其精力于诗，有饭颗山头之态。其自道云："炼字总吟千遍少，赏音劣得一人多。"其刻苦独得如此。定远没，邑中老成落落，惟先生为硕果。余童时即耳先生名。丙午秋，余家有鹤下庭中，先生异之，轩然一来，遂定友焉。不以余无似，而拳拳指授诗法，裨益殆多。丙寅年先生疾革，顾谓余曰："吾不遇于时，诗无知者，尔其为我序之。"余诺而未作也。今宿草在原，遗稿在笥，汗青无日，血胤莫存，思之神悚，聊书数语以示我后人，庶有继余志，而刻先生诗者。先生讳典，诸生名芳，原名行，不敢废父命也。字敕先，苏之常熟人。觏庵，其自号也。丁卯仲春，同里后学张文镖拜撰。

目 录

卷第一

读书四首 / 001

赋得雪消华月满仙台 / 002

白体三首 / 002

次和香奁集无题韵 / 003

倒次前韵 / 004

伤客 / 004

上钱牧翁先生 / 004

听双青 / 006

次韵奉和牧翁绛云楼上梁诗八首 / 006

次和杨廉夫续奁诗二首 / 007

西湖 / 008

宿北禅寺石林师寓斋 / 008

阅北禅律院纪次韵代赠端和上人 / 008

西湖戏咏 / 008

冯定远索和二痴诗 / 009

新城郊次 / 009

乙酉中秋夜病宿舟中 / 009

避迹季父云在轩有作见示次韵奉酬 / 009

哭钱颐仲 / 010

徐子野殉难诗 / 010

冬晓 / 011

次韵送和微渊公归广陵 / 011

赋得寒山转苍翠 / 011

岁暮怀林若抚 / 012

白门重阳雨中示吴二饶 / 012

空斋闻雁 / 012

冬夜小集同和皮陆寒夜联句韵 / 013

卷第二

诗瓢 / 015

兰皋曲 / 015

送计甫草北上 / 016

江楼 / 016

宿中峰送天成赴修武百岩寺二首 / 017

秋夕感怀 / 017

题毛氏西爽斋 / 017

友人与歌者别后戏有是作 / 018

梦中得四句为足成篇 / 018

同叶林宗饮显文斋 / 018

偶成 / 018

示褚梅君 / 019

编诗漫兴 / 019

闲意 / 019

辛丑元夕牧翁八十敬呈四首 / 019

余游武林梅仙有见怀之什次答二首 / 020

闰秋望夕与昆朋饮酒书示显文弟 / 021

吾意 / 021

松声 / 022

和东涧先生红豆十首 / 022

金孝章六十生挽诗 / 023

春正过毛黼季斋述事书情十六韵 / 024

赠江右施伟长一首 / 024

次和牧翁招集娄东诸词人论文即事四首 / 025

卷第三

北固次黼季韵 / 026

题扬州酒垆 / 026

袁母吴孺人 / 026

寄唐孔明 / 027

次遵王韵奉呈牧翁兼赠遵王 / 027

追和孙雪屋见诒二绝 / 028

南畴二首 / 029

题梅仙书画舫小像二首 / 029

次和岷自早春闲咏 / 029

为香开上人题莲社庵二首 / 030

三叠韵简梅仙 / 030

春米行 / 030

后春米行 / 031

次张鹤客看菊韵 / 032

除日答张大 / 032

次韵为鹤客题纳凉图 / 032

书感二首 / 032

贱齿五十退山有诗见诒因倚韵述志以示退山 / 033

道逢两少年 / 034

酬张以纯惠衣 / 034

题画二首 / 034

送马退山移馆柳墅兼寄顾公广 / 035

春游同鹤客原上次扇头韵 / 035

访顾商岩 / 035

次韵留别商岩兼示退山 / 035

丁未四月沧苇招集太翁絜斋斋头观女剧漫赋十二绝 / 036

卷第四

江右萧孟昉五十应伟长命 / 039

次韵送梅仙之新安 / 039

次和洪觉范竹尊者诗 / 040

次和鹤客雨中戏弈八首 / 040

送王石谷之金陵赴周司农栎园之招四首 / 041

题游仙诗卷二首 / 041

杂赠新安吴圣允三首 / 042

次韵立庵见访 / 042

奉酬漱石许民部见诒二首 / 042

留题毛氏汲古阁 / 043

斧季招同夜泛昆湖 / 043

同民部宿斧季目耕楼 / 043

和民部归舟阻风留宿致道观 / 044

次和雪庵上人藕香居韵 / 044

次和鹤客游鹁鸽峰 / 044

和吴令仪雨中蜀葵 / 044

再送原上二绝 / 045

次韵送刘跨千之白门 / 045

次邵湘南闲居韵 / 045

酬顾伊人见示四十述怀之作 / 045

归玄恭六十 / 046

次韵酬冯补之见诒 / 046

秋日鹤客招同白也居停枫江客舍次韵 / 046

步寒山寺 / 046

十三夜张有年招游虎丘 / 047

中秋鹤客同游虎丘 / 047

次和邵湘南移居二首 / 047

次和许侍御青屿过斧季斋韵 / 048

游穹窿山道观 / 048

咏积翠庵竹赠智远源公 / 048

次和鹤客四十述怀五首 / 049

代题听松堂 / 049

诒陈剑浦 / 050

题沧渔图 / 050

次韵送吴令仪归郡 / 050

代赠白也生日 / 050

酬张以纯惠衣 / 051

题雪渔图 / 051

卷第五

乙卯人日同斧季送东涧先生葬兼示遵王 / 052

余年五十确庵贻以和章今其周甲辄倚前韵为赠 / 052

小山诗为陈沧渔雪渔 / 053

次答何道林见怀 / 053

乙卯重九前五日集协能吴门寓斋限韵 / 054

张以纯留宿枫江客馆限韵 / 054

次韵追和以纯中秋夜枫江对月 / 054

正月晦日钱黍谷招集丹井看梅次韵 / 054

南皋诗赠陈南浦 / 055

丙辰仲春过明发堂有怀东涧先生 / 055

次旧韵赠梅仙五十 / 055

次鹤客招游剑门韵 / 056

丙辰春日陈在之以次和陆皮郊居诗见示即次原韵 / 056

丁巳人日城南草堂雅集同用城字 / 058

游大石山房次友人韵 / 058

舟中看雪用蒋文从韵 / 059

过城南草堂晚酌池上限韵 / 059

顾湘源浙游归示见怀诗次其韵 / 059

城南晚集次韵 / 059

次和鹤客新葺小斋二首 / 060

剑南携酌城南草堂次沧渔韵 / 060

丁巳九月二日金阊舟次别林协能 / 060

赠陈均宁 / 060

赠张以纯三十生日 / 061

和陶饮酒二十首 / 062

卷第六

戊午正月十七日集鹤客斋限韵 / 066

湘南剑村过访有作见示次韵酬之 / 066

赠荣西园北游 / 066

中秋七日雨夜宿静寄轩限韵 / 067

姚武功惠茗 / 067

次韵题渠上小筑 / 067

同鹤客过沧渔楼头有诗见诒次韵奉答 / 068

次文从至日简寄韵 / 068

春正二日集云骧斋限韵 / 068

新正三日留沧渔小饮次来韵 / 068

与在之饮周以宁斋兼示赵德邻 / 069

次答在之重用前韵见诒 / 069

壬戌十月之望泛舟分韵得仰字 / 069

人日张庭仙招饮怀尊甫鹤客 / 070

次和陈在之癸亥落花诗八首 / 071

同在之、以宁集德邻斋 / 072

次以宁韵寄德邻 / 072

平水心索题石谷画册十绝 / 073

  白云丙舍

  锦峰开障

  尚湖渔艇

  碧溪春涨

  横塘夕照

  邻墅炊烟

  竹树清阴

  村月书声

  秋原牧笛

  湖天雪霁

次张以纯移居韵二首 / 074

次扇头韵寄赠吴陵张石楼 / 075

书扇示二饶 / 075

湘南自海陵乍归即别口占一律送之 / 075

赠雪呼上人 / 075

二月一日枕上一首 / 076

赠瞿剑村移居一首 / 076

怀赵圣传浙行次周以宁韵 / 076

张以纯录余觋庵诗书此为赠 / 076

跋 / 078

觙庵诗抄卷第一　复存集

壮老不同，境情斯在，事会既往，踪迹犹存。余少时好弄笔墨，薄有撰著，未知持择漫付梓。黎数年之间，有《青归》《百艳》《晓剑》《玄要》诸刻，年每进则愧之。三十以后辄用为戒，总上诸刻都置废阁。今老矣，习气未除，不忍尽弃，聊存一二以识宿好青莲云。多将旧本不同，今复存于斯集。古今文士往往临文抚尘，徘徊护惜，多可笑叹。命曰"复存"，所以志也。且不知余之愧且戒者，又当何已也。著雍涒滩之岁阳生月朔记。

读书四首

强忆胜滥目，勤笔良有功。钩玄复提要，匪徒恃明聪。肆余钝根者，掩卷旋懵懵。易忘试还读，新理翻不穷。

誉古不为功，毁古乃真罪。诋诃圣与贤，哆口斯文在。不知日月高，汗流焉能浼。何如不读书，无过亦无悔。

浑沦存古疑，穿凿希今信。譬如攻坚者，凌施强迎刃。其疑固自在，古义终未振。多闻贵阙疑，斯旨永不磷。

攸之十年恨，士衡分阴惜。人苦不读书，开卷便有益。祖龙胡为者，烈火烧坟籍。非秦能烧书，天假灭其迹。秦火有时穷，一经藏故宅。上窥百家文，其言犹布帛。如何握笔时，有言常格格。庶几破万卷，凑泊如潮汐。

赋得雪消华月满仙台 王禹玉上元应制诗句

霁雪行看尽，高台月色鲜。金波偏觉艳，玉粉不成妍。光影寒逾昔，精神皎倍先。九层临碧汉，一柱接瑶天。虚槛蟾轮近，雕窗兔窟连。况逢佳丽夕，谁不乐华年。

白体三首 崇祯辛巳

世事多易理，河患难久平。昆仑一源出，涓滴成渊泓。澎湃有奇势，潝轰无定声。汩汩倚天外，雷奔日倒行。胡乃等沟浍，泽竭不逡巡。苍茫变白壤，泥沙作飞尘。燕冀既苦旱，民多不聊生。委输更艰阻，忧心常京京。焉得挽江海，注兹如挈罂。传闻圣明世，四海颂河清。

我生胡不辰，饥馑苦多难。引领望逢年，忧蝗复忧旱。漫密如飞雪，随风聚还散。农夫遍束手，妇子相愁叹。不如生虮虱，啮血犹有算。旱魃更肆虐，骄阳恣灼烂。炎风日夕吹，毒云等焚炭。暴尩并暴巫，何以承天赞。民命倘可乞，或藉皇恩涣。汉文有明诏，赐民田租半。

税敛有常制，取舍严锱铢。税外更加税，今已倍其初。兼之禾未齐，吏胥来追呼。岂惟禾未齐，明年税相须。初为好言语，国家多疮痍。后乃循故事，敛索曾无虚。但惜国不足，宁计民无储。匪伊虑国困，纠罚及其躯。用是相迫逼，不得暂龃龉。安得金如土，吾将供挽输。

次和香奁集无题韵

柳弱偏饶态，莲娇更绝尘。通门来宋玉，流水引刘晨。罗绮随风动，胭脂照日新。楼中藏盼盼，画里下真真。颜怒难禁笑，幽欢浅带颦。离多衔石阙，思密转车轮。深井怜张翅，枯池忆鼓鳞。无言花弄色，失意草铺春。病渴曾挑卓，情痴拟赘秦。梦悬湘浦月，目断武陵津。鸟使书无候，鲛人泪自珍。额黄愁未点，眉翠懒重匀。解佩空遗迹，沾香且误人。金堂谁得近，好与问东邻。

倒次前韵

曾傍丛台住，今来汉苑邻。高楼临靓女，骄马有游人。瞥见瑰姿艳，旋看粉态匀。霞衣鸣杂佩，雾袖缀殊珍。可有槎通汉，终无鹊渡津。雨飞不到楚，云散定归秦。心醉宁关酒，情融易觉春。颓翎愁海鹄，比目妒江鳞。赵后矜华扇，姮娥倚桂轮。解怜争自叹，闲忆动含嚬。戏伴犹嫌诈，憎人恐未真。遥闻香气暖，忽值月痕新。未拟巫山夕，常如洛浦晨。何时重卷幕，识取绕街尘。

伤客

短鬟秋风里，孤灯细雨中。不堪回首处，踪迹类飘蓬。

上钱牧翁先生

大雅凭谁作，斯文仰在兹。身名今董贾，地望旧龙夔。策向金门献，声从玉阙驰。属文摹凤阁，珥笔拜龙墀。宫锦攒花赐，金莲带月移。不言温室树，闲赏上林枝。鹗立和同代，莺迁礼乐司。世推公辅器，天挺大贤姿。河为千年改，天须八柱支。兴朝有麟凤，当道伏狐狸。象鼎嗟专政，貂珰弄怪时。群邪腾虎翼，并宠妒蛾眉。欲感风雷变，能任霜雪欺。网罗摧李杜，簿牒案忠义。世事真翻覆，人情太崄巇。每劳伤蕙茞，只合咏江蓠。屈子忠遭谤，邹阳狱费词。黄金虽可铄，白璧竟何疵。明主恩光近，孤臣志虑危。保躬期世泰，养道待时熙。游蜡东山展，吟倾北海卮。良宵闲合乐，白日静围棋。风月饶佳丽，烟波复渺弥。几人成旷放，夫子得恬怡。往哲连襟带，高贤接履綦。芝兰矜独秀，桃李荷无私。绿野回岚势，平泉任土宜。酉阳多秘笈，丙夜尚燃藜。扬刃摹天壮，批鲸出海奇。通经过次仲，明义薄袁滋。异学皆崩角，真儒尽取规。起衰扶八代，裁伪倚多师。鲁笔谁能赞，齐竽窃滥吹。轮辕需刻削，砥砺藉磨治。门峻曾经扫，墙高敢漫窥。饮河徒笑鼠，测海且嘲蠡。守拙坚如石，梯荣钝若椎。无才焚笔砚，有命徇蓍龟。亦效悬头学，难言折臂医。专愚迷马足，尔雅误蟠蛴。自愧常流汗，无功等画脂。鲲鹏上霄汉，燕雀滞藩篱。豹蔚何能变，龙骧未可追。终须烦激发，还拟藉提携。光范书堪上，仁恩句合披。丹青倘相假，敢忘饰妍媸。

听双青

吴丝蛮弦含白雪，声声弹破璇阶月。影转更阑凄复清，娇语悲吟恨啼血。蚪水点滴光影照，芙蓉宜泣兰宜笑。昆吾铸刀凿玉壶，鲛宫铁网摧珊瑚。金梭抛掷冰绡机，珍珠跳荡仙掌低。四弦条条激商徵，香魂欲贴秋欲死。陇头流水似人声，幽修又似陇头水。娇娥不擘钿筌篌，锦瑟瑶琴共写愁。欲断不断弦柱促，唾月推烟坏陵曲。红袖青衫尽承泪，斜影亭亭烧桦烛。

次韵奉和牧翁绛云楼上梁诗八首

有美同登极目初，海山应忆设青庐。凤台吹竹堪携偶，蟾窟扳枝好问居。天上看传红玉案，人间会降紫泥书。当年秦女楼头住，夫婿从夸千骑余。

山城排列对檐楹，百尺楼高美落成。近向紫霄扶鹤下，远依碧宇听鸡鸣。月来欲动轩窗影，风度从飘弦管声。共迹同尘初有约，莫教轻赋重行行。

珍馆闲台称玉题，谁家椒壁和香泥。鸳鸯栏槛山河近，鹳雀汀洲云树齐。素手红妆曾独守，浊波清路旧单栖。定情相媚还相悦，楼上双双美舞鸡。

人间日日是佳期，迢递堪怜渡汉时。倚看井桃将结子，欸歌山木自生枝。添香重拨金炉火，赌酒闲敲玉局棋。何似秦楼双凤去，常留鸳瓦碧参差。

高栋层轩结构牢，天梯步步入重霄。赓诗促膝传斑管，谱曲凭肩按赤箫。沧海栽桑容易变，灵和有柳却难凋。五城日月应多暇，世上千年只几朝。

画梁新燕舞微微，花柳成行照绮扉。剑佩何惭持作婿，丝桐长愿讬为妃。曾经选胜分兰席，可待迎仙制羽衣。闻道绛云停影处，傍楼飞阁号含晖。

银床冰簟射方疏，讶是移家近帝居。台舞青鸾谐照镜，窗开朱鸟静翻书。五枝灯畔歌宛转，三素云中唱步虚。曾向我闻室里住，前身应共证如如。

歌酒寻娱佳兴新，白公楼上不论春。五千岁里要通使，十二层中往候神。槎路偏容紫府客，蓬山合贮绛宵人。自从玄畅留题后，八咏于今更出尘。

次和杨廉夫续奁诗二首

十五平阳教未成，欲方回雪态犹生。灯前学得花前试，筵上看将屏上行。习舞

隔宵残篆冷香筒，扫罢蛾眉不语中。正把金针翻画谱，东风吹乱绣床绒。理绣

西湖

浓淡烟云覆绿波,春山面面郁嵯峨。六桥堤远听莺坐,十里湖宽载酒过。不管别离栽柳遍,为藏佳丽结楼多。白公不作苏公去,应有精灵索和歌。

宿北禅寺石林师寓斋

两度寻师至,相兼十五年。松门新月下,茗碗一灯前。检卷成深坐,加衣得晏眠。晓钟听百八,余亦暂安禅。

阅北禅律院纪次韵代赠端和上人

自开律院俨修熏,丈室人天自作群。七字半参居士偈,一编先列戒坛文。林间鹿静眠花雨,钵底龙驯起法云。会得导师谈妙义,圆通应不滞声闻。

西湖戏咏

可怜西子醉吴宫,越艳今朝几个同。狂杀当年苏刺史,只将浓淡比湖容。

冯定远索和二痴诗

为问人间世，由来得几痴。怜君多忌讳，今始不相疑。

新城郊次

地僻少人到，悠然太古同。碓声喧绝涧，桥影亘长虹。烽火千山外，桑麻四境中。子规啼不彻，愁杀夕阳红。

乙酉中秋夜病宿舟中

和病和衣卧月明，孤舟篱落正三更。不逢丧乱何人到，梦里多掺芦荻声。

避迹季父云在轩有作见示次韵奉酬

乱来已久厌风尘，转叹艰难值此春。满眼干戈身未定，终朝儿女影相亲。秋花开落闲耽病，好月盈亏静养贫。墟里依依烟景在，一廛还愿买为邻。

哭钱颐仲

自我曾无哭友诗，于君忍不重欷歔。秋灯风急雁行断，晓镜尘昏鸾影虚。地下可无新得句，人间犹有未雠书。山原葬处霜初白，草宿休论友道疏。

徐子野殉难诗

吾友徐子野，弱冠工文章。低头事膏火，腾声饩胶庠。贫欲废四壁，屡屡踬名场。菽水每不足，将母感不遑。闺中有孀妹，兄嫂相支撑。孤甥就君养，骨肉有余情。干戈相逼日，阖门徒彷徨。君妇方归宁，君常侍母旁。母誓以死殉，与兄其焉往。殉母又难怼，死国胡不匡？母子各矢志，意气殊激昂。言念若敖饩，敢轻斩蒸尝。庶几不背义，一死一以亡。兄言余不才，喑雁宜受烹。况也以任长，死固余所当。君言弟谓何，媳妇且归宁。何辞恋妻子，不惜母与兄。数四争侍母，互以去相让。兄属眷大义，再拜辞高堂。执手为泣诀，相期死相逢。顾乃舍己子，携甥共踉跄。出门数回首，难禁泪淋浪。须臾兵尘合，旌旗蔽城隍。去者不知远，居者当其冲。悍卒四五人，鸣刀突君庭。母妹从井穴，赴义如沈湘。执君以邀货，徒手不得将。抗言求速死，颈血膏铦铓。呜呼如君者，节概何铮铮！本为儒家子，单寒多俊良。合门秉高义,堪争日月光。嗟哉贫与富,实司死与生。富者难为死,营窟远祸殃。贫者难为生,不能出门墙。壮健或幸免,窜鼠复奔狼。老弱不能堪,逝以死为乡。古人有遗风,生死慰相望。死不负君亲,生能念宗祊。千古忠与孝,所以维纲常。

冬晓

　　破窗斜月落匡床,襥被醒眠逼晓霜。断雁兼飞千里急,寒鸡无准五更长。襟怀恻恻同危叶,骨格棱棱比瘦筻。听彻丽谯频下漏,百端虚欲扰愁肠。

次韵送和微渊公归广陵

　　知君承喝后,三日不闻音。世乱无妨道,身空不废吟。海潮通寂观,江月照禅心。漫向尘中别,何时一重寻。

赋得寒山转苍翠

　　朔风扑面来,看山亦云好。林空豁全势,草折露盘道。坡陀曳惊龙,炭巢阻飞鸟。骨脊宛可摩,埃尘俨经扫。红紫绝点缀,秀色积深窅。土花更斑斑,涧松益矫矫。黄石遇仙人，翠微有灵媪。映以苍波长，接以白云渺。染衣峦影重，敌酒岚光悄。郁此冰雪姿，翻能殿枯槁。桑田几回换，陵谷仍萦缭。睹兹冬岭佳，不知感怀抱。

岁暮怀林若抚

岁月忽蹉跎，心惊腊尾过。乱离全似此，贫老更如何。酒债寻应积，诗逋放未多。可堪百里内，书问阻干戈。

白门重阳雨中示吴二饶

异乡憔悴怕登临，寒雨酸风到客心。菊信故园音问绝，与君莫放酒杯深。

空斋闻雁

深堂阒寂惊时晏，数声叫裂秋云片。咿喔遥过细雨滋，斜飞嘹唳寒风颤。褰幔空闺愁，调管倡楼怨。月皎仙人掌，灯惨长门殿。雾暗沙明几处投，犯雪蒙霜不知倦。罗网高张禾黍稀，且戒游波慎啄蔓。君不见，泽中裂帛遥系书，仗节依依明主恋。属国已去汉运迁，世事几看沧海变。凄切犹含关塞情，窗静灯昏泪如线。

冬夜小集同和皮陆寒夜联句韵

不远客奄至，冰轮况未缺。流品谢卑喧，形神更清澈。荒厨荐菜甲，小鼎煨松梲。琴书欣暇豫，文雅殷劘切。林霭翳如雾。池光白于雪，峥嵘岁道尽。杳渺孤鸿灭。沉沉蚁绿浮，袅袅篆烟结。爱我树璃枝，怀人怆金玦。残柳写离披，疏梅护攀折。徙倚听寒更，闲斋榻可设。

觇庵诗抄卷第二　吹剑集上

　　《书》曰：诗言志。而《记》亦曰：志之所至，诗亦至焉。久矣。夫不乐而笑，不悲而泣者之无诗也。居今之世，诗人之志，亦大略可推矣。乃兴情销落、岁序迁流，躬抚其诗如出他人之手，身亲其世如历隔生之代。亦姑置其志，于勿论焉可也。余髫龄即事吟咏，三十以后顽惰成癖，每遇名胜，如鸿雪相遭，瞥焉已过，故诗不多作，作亦不多示人，兴至成篇，投诸箧衍，仅不令衣鱼饿死耳。顷者，斋居偶暇，括己丑迄今诗，削而存之，录为三卷。其间兴衰得失、存亡哀乐，耳聆目睹触于身而动于心者，略存楮墨中，而回思往事，则已都如昨梦矣。庄生有言：吹剑首者，吷而已。天下事至即去，数往必复，念念不停，刹那变灭求其不为。吷然者，无有，又奚必陈尧舜于戴晋人之前，而后知其虚诞哉。独怪夫股无胈胫无毛，蹩躠为仁，踶跂为义，人之所誉也，犹未足当大块之一噫矧。夫通达之有梁魏，蜗角之有蛮触，游心无穷，有辩无辩，其又如此一吷何。虽然土囊发声，调刁盈耳，及乎衰止，水静云平，月明无迹。此时剑去镡空,即一映乎。何有吾又多此庄生之饶舌?及余之所为题目者,谁为剑?谁为吹?而此映然者,又将使谁听之哉?嗟乎!才惭李贺锦囊之佳句,何征志比唐,求诗瓢之旧业尚在?梵志归来,新吾非昔,师丹多忘,故纸依然,然则余之春悦秋悲、朝吟夕叹,以有是编也。虽文章无与曾剑孔一映之不如,而尘影可寻,则箎声有嗝之已过矣。放笔为之一笑。戊申仲冬二日,识于山泾老屋。

诗瓢

才高难问世,都倩一瓢收。五字城如弃,千金价莫酬。此身终濩落,吾道总沉浮。可惜名山业,而为浊水流。风枝争挂得,酱瓿许侵不。浩荡江湖意,还堪伴白鸥。

兰皋曲

兰叶长兰心短,日日廉纤春不暖。山桥野店杏花稀,空波漾漾回塘满。兰心短兰叶长,灵均去后九畹荒。美人不采兰自芳,蝶翅阑珊燕翅薄。祓除觞咏今疏索,晔晔猗猗纷可佩。剧怜骚杀秋风败,时违敢怨当门鉏。勿使绿叶紫茎化萧艾。

送计甫草北上

人生落地成男儿，天使一东复一西。吾侪自惜交有道，杜陵野老岂吾欺。长安少年游侠子，云合雨散分驱驰。钱刀意气竞成伍，淡者如水甘如醨。与君一笑结良契，戴笠乘车心所期。葭苍白露渺何许，去去三载鳞鸿迷。相思花发月明处，此中寂寞多深知。我休蓬蔂意不适，君开骏足腾康逵。续凫断鹤并衔戚，文木樗材会有宜。伊余颂君诧者少，感君称我识者谁。君行射策明光殿，霏霏咳唾皆珠玑。古人赠言永弗替，执手临歧敢致辞。结交莫结黄金客，有诗难必买明时。饮酒莫饮狂泉水，裸体入国心事违。贾生过秦勿痛哭，痛哭徒劳损心脾。马卿上书休谏猎，谏猎秦楚方游戏。子公漫夸饶气力，素衣京洛多尘缁。入门可叹各自媚，白日浮云且蔽亏。努力加餐慎明德，交游粲粲生华滋。谁当唤起菰芦梦，得意迟君赋曰归。嗟余诞谩甘自弃，诗成出手还忸怩。姓字倘逢知者问，请持此篇一示之。

江楼

云际长江江上楼，乾坤日夕撼中流。杯倾浊酒供怀古，笔蘸惊涛倩写愁。烽火南州闻转战，茧丝东国动呻嚘。凤皇黄鹤空回首，崔杜吟诗满地秋。

宿中峰送天成赴修武百岩寺二首

好峰当僻境，送尔始来过。游岳无烦远，逃秦未较多。山深稀鸟雀，月白澹星河。空色色空处，秋声定若何。

入山才数里，已觉离尘寰。万竹清禅梦，孤峰老佛颜。江南猿鹤少，河北水云闲。看尔芒鞋健，何年一暂还。

秋夕感怀

一番悲秋一泪盈，梧桐清露飒然惊。静中吟咏嫌蛩闹，贫里情怀厌月明。京洛簪缨稀问讯，云山瓶钵尚留行。年年不解穷途恨，憔悴惟应吊屈平。

题毛氏西爽斋

拄笏堪延爽，幽然静者居。原田当户牖，花木映襟裾。风物黄虞外，弦歌邹鲁余。地偏心较远，更藉古人书。

友人与歌者别后戏有是作

缠头簇锦笑相将，解听清歌绕画梁。绣被香浓分越鄂，高箱果满傍河阳。梅花小曲虚回首，杨柳新词黯断肠。细雨一帘灯半壁，梦魂依约翠红乡。

梦中得四句为足成篇

萧然人境外，燕处亦幽嘉。护草延新蝶，烹泉滤落花。醉吟春晼晚，睡起日歌斜。未比峰青句，应嫌好梦赊。

同叶林宗饮显文斋

寻僧问友共连床，此夕逢君又举觞。晴竹月来轻弄影，腊梅风度暗闻香。十年世事寒灯外，百岁心期短剑旁。弟劝兄酬开笑口，穷尘且莫话沧桑。

偶成

霏微细雨朔风酸，静里观心已久安。乌兔未饶诗笔健，乾坤争让酒杯宽。荆和有玉怜三献，范叔无衣笑一寒。莫把大言嗔楚客，胸中长剑倚云端。

示褚梅君

相知相别复相看,年欲成翁鬓已潘。幕府献书愁挟草,朱门弹铗笑传餐。一寒梦落江湖阔,九折魂惊道路难。不遣客星干帝座,与君坚坐钓鱼滩。

编诗漫兴

自编还自笑,著纸即萧骚。欲咏风开卷,停书露洗毫。三间看屋老,百尺得楼高。更谢求羊去,长留满径蒿。

闲意

求闲闲转去,得得坐来忘。天下若无拙,尘中应更忙。闭门人境远,开卷道心长。便有浮云意,高风敢作狂。

辛丑元夕遵王携乐府往寿牧翁八十再集红豆山庄敬呈四首

昨日玄亭一问奇,今宵重赴隔年期。暗尘明月论佳句(先生解此二语,卓有新意),法曲仙音记旧时。奕到东山真国手，纶凭渭水是渔师。云房还结升平愿，箫鼓喧喧傍武夷。

灵璈玉管喜相将，花馔何烦辟谷方。红豆满枝迟度曲，芙蓉出水称为裳（红豆庄里人，旧称芙蓉庄）。清江火树明华席，碧海冰轮照寿觞。不数鲁阳回日驭，相随总辔到扶桑。

佳丽争看歌舞筵，扁舟重喜泛江天。灯烧绛蜡偏能艳，月照流霞自解圆。铜狄摩挲论百岁，玉枝攀赏验千年。西凉此夕辉辉路，还忆楼中凤驾旋。

鼍鼓鲸尊不解愁，灯清月白映中流。陶潜柳接仙家树，殷浩签分海屋筹。鹤发当年绣岭畔，梨园何处碧池头。裁书漫欲辞多富（牧翁有辞寿书），函谷翩来紫气浮。

余游武林梅仙有见怀之什次答二首

初去已看芳草绿，将归才及落花红。可怜春雨高楼望，一路烟波向越东。

旧历湖山劳想像，重来烟月费踟蹰。偶然痛哭题名处，原是周余一腐儒。（湖心亭题联有"月华入梦，烟草生愁"之句，署云苏哈喇番某题）

闰秋望夕与昆朋饮酒酒忽成美书示显文弟

辛丑闰中元，露坐广除里。风云头上生，月色昏弥弥。开尊酌昆朋，秋气凉可喜。婪尾行数巡，余季拍案起。驾言此酒殊，香凝色清沘。坐客竞举觞，争称较前美。此酒来何方？分明得石髓。吁嗟鲁酒薄，绿瓷乍经启。同盎无异齐，胡然辨彼此。劝君引一杯，听余陈斐亹。予饮逊三蕉，岁亦具秫米。六物但粗备，糟床滴盈耳。天时苦不若，世故怅未已。春声雨淙淙，夏魃日炜炜。三月急新赋，农事未及理。六月课不足，赤地衷千里。旧税更薪积，算数不可纪。一朝被谴诃，冠裳生疣痏。典琴复典书，取次及衣履。未了官县逋，已逼吏人贿。惜此瓮头春，大半入胥吏。聊尔命杯酌，仅免告罍耻。沉沉饮未央，忽与琼酥比。呼儿问主馈，但指长瓶是。醺醹闲且适，咀嚼甘而旨。季也述往事，约略正相似。借问此何祥，欢伯谐浮蚁。茫茫天与人，滔滔竟何底。杯中倘告兆，倏忽革倾否。还恐滋谬误，仲长真尺企。颇闻酒家酒，迎仙变红醴。与汝醉复醉，勿劳议所以。

吾意

鬒发略已白，所思在幽栖。吾意本易给，悠然无慰期。愿言一亩宫，轩槛临清池。闲花当曲径，时鸟延高枝。坐拥数千卷，素心开一卮。共觅桑麻话，再赓渔樵诗。儿愚既不责，妇愁亦不知。缅怀实快意，作抵羲皇时。

松声

徇足到闲门，耳根豁然醒。细写非凡声，满身落松影。风当秋始清，贞姿况相领。所以异万响，能使形神静。枯桑徒哀号，劲草自凄紧。肃此生远韵，徐疾中窾綮。清琴奏琤琤，微波动溟溟。在高若在卑，至远还至近。千古无故常，斯声独辽迥。嗒然忘名言，尘虑一时尽。

东涧先生村庄红豆树二十年复花，时当季秋，结子一颗，适八十，悬弧之月，有诗纪事，奉和十首

秋风南国绽新枝，正是长筵赏䜩时。珍果只应仙树有，人间何事唱相思。

小劫花期二十年，灵光终古自巍然。可知桃实千龄熟，未抵相思一颗圆。

吴地名园似洛阳，疏林一点发朱光。重疏草木南方状，南极先看起角芒。

桐君桂父莫相夸，奇树常思洞里花。大似麻姑曾掷米，还留一粒变丹砂。

　　火中生树本菩提，布叶连枝会有期。红绽一枝迟度曲，人间尽道是摩尼。

　　灵和柳色正相当，疏叶高柯覆苑墙。若入平泉花木谱，当时肯数紫丁香。

　　红泉双屐悟前因，应有灵乌采食频。检点啄余鹦鹉粒，莫凭香稻误诗人。

　　曾记思惟树不凋，伽陀银塔影岧峣。依稀炽焰枝头见，可待千年乳汁浇。

　　日服丹砂面似童，朱颜鹤发是仙翁。凭将江上芙蓉色，染取梢头一点红。

　　山中无历不知时，颇讶花开结子迟。更待一回红满树，何人不省是期颐。

金孝章六十生挽诗

　　死者不可生，生者皆有死。死死复生生，歌哭何时已。天公巧抟弄，人亦多吊诡。临觞一何悲，鼓盆一何喜。生死更死生，其谁睹无始。嗟哉陶元亮，高风固足企。门前五柳树，不荫邙山址。杯中忘忧物，不滴黄泉溪。未忘三径资，岂免折腰耻。聊欲委天运，终然挂五子。缅彼近局人，手把挽生纸。吟罢还叹息，谓真贤达士。谓真贤达士，与君辨此旨。既已一死生，挽歌何由起。挽死人挽人，挽生已挽己。挽人亦已歌，挽己痛胡底。知君证无生，其挽良有以。顾瞻已靡骋，恒化良足鄙。千金万年筋，倏忽丘山里。死挽生用祝，不如一词止。感君矫世意，独立绝无滓。欲赓陶家辞，投卷数倚徙。斟酌挽祝间，知祝而已矣。

春正过毛黼季斋，陈确庵、钱梅仙相继而至，握手欢谶，排日连宵，述事书情得十六韵

人与春俱至，相逢喜倍增。闲缘差匜匠，寒气尚凌兢。排日张华席，连宵试彩灯。山炉烟袅袅，火树影层层。屏曲琉璃莹，杯深琥珀凝。才高元八斗，户小亦三升。落月思颜色（追怀潜在），临风恋友朋。卷帘当霰集，开阁会云兴。江上新投札，林间旧访僧。床支羽陵简，笔扫剡溪藤。湖阔鱼离网，村安鸟避矰。人情鸳吓凤，吾道鷃嘲鹏。意气真堪许，诙谐了不矜。息机农圃在，高唱鬼神凭。绵世诗书永，占年禾黍登。斜川如在望，实有兴堪乘。

赠江右施伟长一首

冀眉历落舌纵横，讲武论文满座惊。提笔杀人犹

带血,仗藜骂世不闻声。踢翻北斗身须见,吸尽西江气未平。千古鲁连归海上,何人一矢射聊城。

次和牧翁三月十六日,招集娄东诸词人,论文即事四首

麈尾清言喜入微,玄亭俗客驾来稀。山光独隐乌皮几,世事双扃白板扉。寥落关河闲战垒,苍茫天地剩渔矶。春风片席高人话,千仞分明一振衣。

风雅繁星起角芒,趋隅闻上读书堂。乌衣半属元臣胄,锦树曾夸异姓王。马队闲堪开讲肆,龙门高欲压词场。余春一自经裁赋,晞发依然日载阳。

留滞湖村翳叶如,蹉跎戴笠订乘车。风流王谢衣冠后,题跋苏黄笔牍余(是日牧翁题王文肃南宫墨卷)。象纬至今尊帝阙,支祁何处镇坤舆。乳旁若有光明穴,好共中宵照读书。

门馆清闲彦会新,情多正值哭残春。空山虎豹无文质,浊水蛟龙有屈伸。玉版谭禅共调笑,朱樱荐食动酸辛。荒途今古明明在,策足何知要路津。

觌庵诗抄卷第三　吹剑集下

北固次黼季韵

吴楚平吞控百城，京江培塿漫峥嵘。梁家凤辇千麈杳，孙氏鸿图一羽轻。策足不知凌浩气，侧身何处叹浮名。吟情游计都无赖，愁见烟云满地生。

题扬州酒垆 名黄鹤楼

春风日日到垆头，佳丽居然占一州。凡有露桃皆解笑，总逢烟柳不知愁。吟招白鹤兼黄鹤，醉上诗楼复酒楼。处处笳箫催荡桨，残阳急拍起中流。

袁母吴孺人八十 子重其时年六十

昔我曾栽霜哺诗，碱砆鱼目相参差。大秦蓝田黯无色，至今犹为卷轴疵。栽诗駸寻二十载，萱背星霜亦逾改。征词寿母又八旬，终愧秃笔无五彩。重向词场讬后尘，诸篇一一生光津。君家节孝世莫比，以久岂止三千春。不特母寿子亦寿，子曰母德余何有。阃门大美归一人，天锡难老良非偶。人间不识桑海事，蓬川清浅飙轮至。欲问麻姑觅后身，焉知君母今非是。请君每历二十年，邀余点笔写新篇。新篇莫杂珠玑里，聊取长谣阿母前。

寄唐孔明

忆上书堂正落红，长贫肯遣酒尊空。缘知旧雨为今雨，自识余风是古风。陋巷偏疑春不到，好山还许梦相通。白头为问唐衢意，都在香山乐府中。

遵王见示述德感怀，呈牧翁先生之什，不胜斐然，用韵书情，奉呈牧翁，兼赠遵王

髦士多承学，轻材亦受知。玄珠惭未得，鸿宝喜能私（尝手录先生诗文集）。匡翼尊经术，班杨析异疑。繁星寒八极，清露浥三危。锦绣千金字，龟螭百尺碑。磨天扬刃壮，截海掣鲸奇。御李宁徒尔，推袁断在斯。瓣香真有讬，大树撼焉施（时有妄议先生文者）。夫子诚韩笔，生徒愧董帷。户中投本论，赋里溯微词。竟识前贤在，

难容伪学欺。廿年空契阔，三载重攀追。荐士曾登刾，操觚几序诗。寿觞欣共泛，文谶快相随。山阁烟光合，江村日影移。新篇出袖数，絮语举杯迟。擷挟芫词在，封题短札垂。编诗怜警俗（谓刻石林师诗章），哭子慰临尸（余连丧子，先生慰唁甚殷）。劝取风骚究，邀将佛乘窥。格言倾悃款，真意挽浇漓。鉴貌当明镜，论才近漏卮。敢忘镌肺腑，誓欲刻须眉。良冶工陶铸，纯金出炼錘。华宗偏得念，吾党更推谁。佳句耽成癖，奇书嗜欲痴。荀炉香不散，庾笔绮何辞。壮志歌牛角，闲情冠鹿皮。看花兼旦暮，赏月匝盈亏。并执文场辔，同搴艺苑旗。宗工尊一老，愚竖笑群儿。物态多谗嫉，余心独憮咿（时有问遵王，于先生者）。瑕瑜从指玉，苍素总悲丝。兰佩诚纫矣，荃情实察之。雨云虚翻覆，胶漆讵携离。意气回波靡，文章翼道衰。吟肠泉沁溢，狂舌酒禁持。芳草凋零候，美人迟暮时。倚寒修竹劲，索笑老梅欹。云藻君腾丽，山薇我乐饥。愿言俱努力，崇德是良规。

余刻《虞山诗约》已二十余年矣，辱孙雪屋见诒二绝，顷始见之集中，追次元韵志感

赋笔金声簏底存，年经开宝鲁灵尊。当时卷内联吟客，半向荒江半九原。

敢说词坛建一军，洛中酬和旧推君。如今桑海惊

心句，都付奔流与断云。

南畴二首

不到南畴廿五年，重移舴艋泛湖天。老渔补网清溪曲，小妇收禾落照前。卖谷料量偿积赋，买牛商略垦芜田。艰难强半缘恒产，笑把恒心问昔贤。

晚花黄叶逼重阳，农事才看足稻粱。城市呼丁多闭户，村家刘黍半登场。饥来乞食言词拙，乱后催租隶役强。误我洛阳田二顷，不成名业不成狂。

题梅仙书画舫小像二首

芦荻丛中数点红，秋江寂寂老芙蓉。何缘著我船窗下，共倚清溪数晚峰。

水阔舟轻信所之，弹琴把卷尽相宜。看他岸帻常危坐，一片云山万古思。

次和岷自早春闲咏

四十过头又八年，微生差以不材全。烹鱼短素晴窗检，上瓮新醪缓火煎。看杀小梅浑似玉，数残青藓不成钱。传闻星日频多变，额塌沙中懒问天。

为香开上人题莲社庵二首

高林匼匝水弯环，中有闲人静掩关。幽岫崇岩看未足，虞山不道是庐山。（慧远《庐山》诗："崇岩吐清气，幽岫栖神迹。"）

修静当年芝草图，不知慧远见来无。依稀溪上曾同笑，认取新吾即故吾。

三叠韵简梅仙

一年又博炎凉换，半载都从风雨过。老去酒杯难放浪，愁来书卷强摩挲。看囊不惜一钱少，负郭翻嫌二顷多。为报凛秋贪景物，催租无奈废吟哦。

舂米行

旧时米如珠，今时米如土。如珠饥腹困鸠鹄，如土输官倒仓庾。旧亦嫌太贵，今亦嫌太贱。况复征徭今昔殊，地力农功终不变。今年白浪胡滔天，冬寒黍禾犹在田。操镰揭厉骨欲折，二月敲剥迫金钱。八月旋愁催挽漕（去），田税田租室相吊。百徭计亩兼力征，盈廪争担新谷粜。年荒米贱若大有，万事反覆真难剖。儋石悭偿一亩供，谁省科田已几亩。明年岁课又相须，旧裕储新生理疏。愚民不识庙堂计，但道何用烦军需。似闻和边自有道，长筹短策非草草。不惜穷檐骨髓枯，勤将手足扶头脑。可怜长吏亦有躯，脍炙谁当弃腹腴。顾义岂免失厚利，以仁望人何太迂。我行给公百难办，供赋供徭苦羁绊。敢期精凿滑流匙，聊舂升斗资宵旦。人言米贱饥无虞，我谓米贱当如珠。米贱厨空终不饱，焉得贱钱轻土苴。新来法令森毛举，那容人不倾筐筥。急捣缓舂纷应节，声声解听撞胸杵。

后舂米行

古来赁舂任高节，青松秀出靡草列。杵臼论交复有情，亲操岂必非人杰？余也筋衰倦力作，井田虽存愧耕凿。草菜芜没村南畴，烟霞冷落城西郭。家住山泾泾上头，北峰当户翠色稠。居人旧识陆家屋，三间已老园池幽。中有书堂号颐志，少袭先芬爱文字。春来秋去燕莺忙，夏浅冬深松竹邃。荆株自昔愁区分，白首兄弟各贱贫。生儿生死等殊态，有居割半穷畀人。早年姓氏穷文章，谁道逋粮达帝阊。骊山秦山昔破碎，清流浊流谁短长。年年金饰鸡竿首，诖误镏铢有余咎。吏胥呵叱废衣冠，差科依旧编田亩。税敛徭罢不足言，人情雨覆又云翻。田夫欺我肥硗间，信行幸秀多诈谖。老妻愁坐少生计，门东索食啼声沸。慊慊倩舂石下梁，开口仰给那能济。碓声呕哑断兼续,慎教轻杵莫伤粟。聊充粗粝腐儒餐,迨命逃虚把书读。

次张鹤客看菊韵

鸥鹭寻盟意自真,笑言虽阻剧情亲。苦吟浑忘清尊满,古处相期白首新。江上枫犹殷似火,灯前菊更澹于人。报君有客湖头卧,万里征鸿唳向晨(时余在隐湖)。

除日答张大

饥禽阵阵下庭隅,岁尽何人慰索居。唯有城南张鹤客,饷余美酒借余书。

次韵为鹤客题纳凉图

高台面面俯长林,满水荷香满地阴。最是把书闲坐处,千峰落日一蝉吟。

书感二首

中年哀乐苦难平,白发今从镜里生。自丧子来添懒癖,更亡书后减吟情。谁言龙性非驯性,便听鸡声是恶声。日日怪来书呐呐，空中点画恐成形。

衣化为尘鬓素丝，逐贫祛病两无期。老妻九月供炉火，稚子三年废塾师。四海只今停战伐，普天依旧有疮痍。每思身世无穷事，不觉秋风泪满颐。

余有《寿马退山》诗两篇，盖为其六十，七十作也。丁未岁，贱齿五十，退山次韵见诒，一时同人多有和作，因倚韵述志，以示退山及诸游好

老我不求知，世亦无人识。茫茫天壤间，昏昏同聚墨。荒哉经世心，疏矣谋身术。有途只扳阮，无酒不学毕。流览风吹万，静知吾道一。且置鲁两生，希踪竹林七。闻之千世界，安住殊平侧。谁谓河沙数，同运无通塞。时好六钧弓，我握三寸笔。焉能免回互，差喜耽放逸。蓬蒿但满径，书史聊充室。笑彼屠门嚼，守兹寒女织。俯思老稚安，仰冀亲朋密。长贫殊未谐，愁心更悲篥。输人斫久废，由基射久息。绳床竟日坐，竹户经时出。白日依墙东，青山起舍北。世事等鸟空，人情付鼠即。知己或谅余，任真无所饰。不敢饮狂泉，岂敢入裸国。芳兰湛鹿醢，嘉禾戒蟊螣。如何二倾田，三旬常九食。长风乘未能，五岳游难得。涉物苟不当，惮此拳安肋。慨焉念古人，诗歌金玉式。百年忽已过，

一万八千日。逝将保余齿,香龛共弥勒。金刚猛利心,破斥空有失。手打大圆相,印透重罗匹。证取羲画里,无极与太极。

道逢两少年

道逢两少年,翩翩气如虹。以我为父友,肃然揖道中。称我叔则敬,称我伯则恭。五十老且贱,志衰德不崇。为谢故人子,何多古人风。虽多古人风,礼贵求其中。叔我长若父,伯我少若翁。贱齿既昧昧,亲年亦蒙蒙。君其且归去,执礼莫匆匆。

酬张以纯惠衣

秦人衣着又何求,推解多君为我谋。恰喜暮春初衣裕,不劳五月更披裘。非才漫有绨袍赠,末契惭无缟带投。时世未期裁短后,风生两腋自飕飗。

题画二首

芒鞋箬笠少尘容,独赏空山万树松。犹喜常违车马道,不将枝叶污秦封。

芦荻丛中一叶舟,数声渔笛碧天秋。若邀我向沧江去，更把残书著两头。

送马退山移馆柳墅兼寄顾公广

绛帷高卷旧风流，一水迢遥两白头。老去友朋难作别，穷来天地易生愁。经年聚散成尘影，瞥眼存亡抵梦游（悼其东君）。却喜新知能好客，还容乘兴买扁舟。

春游同鹤客原上次扇头韵

年年春色到江南，又见春流下碧潭。排岸柳丝牵弱翠，出墙花态殢余酣。无边白水思移棹，是处青山拟结庵。老大未能忘秉烛，双柑携酒兴还堪。

访顾商岩

辟疆美度古无俦，三载神交抵昔游。流水引渔花落处，小山招隐桂香秋。君凭雅兴拈红友，我对新知愧白头。闻道呼童先扫径，造门敢拟说羊求。

次韵留别商岩兼示退山

古木修篁俯碧流，爱看落日小桥头。何年卜筑吟相傍，有客停诗病独愁（时退山病虐）。尘世所须唯快饮，浮生难得是闲游。折花携酒缘溪去，一路遥山缓放舟。

丁未闰四月一日，沧苇招集太翁榘斋斋头观女剧，漫赋十二绝

清和又值好风光，翠袖珠衫满画堂。梦里行云才一片，如何轻逐楚襄王。

世上温柔自有乡，老凭燕玉舞霓裳。双成云管凌华石，齐侍班龙接九光（时榘翁八十）。

玉笛声迟檀板闲，十眉不数画图间。可知此地云岚少，多扫双蛾当远山。

舞到回腰唱转喉，醒人醉眼动人愁。寻常不及窥帘燕，隔断蓬山几十洲。

罗列分明按乐图，便将袍笏换裙襦。忠驱义感当年事，莫笑佳人不丈夫（演宗汝霖、杨椒山诸剧）。

词人不识网西施，因美招沉自古悲。筵上七盘方看舞，吴宫草歇已多时。

唱声争及唱情长，玉洁珠圆绕杏梁。传得紫云天上曲，不将顾误恼周郎。

黄金只合买蛾眉，不是香儿即雪儿。为问白家行乐处，几多红袖放杨枝。

风流亲着紫罗襦，两曲莲歌绝世无。更把闲情翻

旧谱,临川那赏雪蕉图(笠翁改定《牡丹亭》诸剧。《雪蕉图》见汤若士尺牍)。

金屋无人见美鬈,休将多病怨芳辰。主情大要陈三部,怜煞春风掌上人(时有病姬,不能登场)。

胜饯骊驹宴未终,明朝踪迹又飘蓬。纪群交谊吾何敢,凭展尧厨荙莆风。

操丝比竹后堂时,也许彭宣入座窥。一局恨无三百万,缠头只有数行诗。

觊庵诗抄卷第四　渐于集一

《易》：渐之九三，上九曰鸿渐于陆。而有宋诸儒则曰：上九，鸿渐于陆，谓云路也。按《疏》，鸿渐于陆者，上九与三皆处卦上，故并称陆。上九最居上极，是进处高洁，故曰鸿渐于陆也。然则训逵者，其信然耶。陆羽，筮姓得"渐"，氏陆，名羽，鸿渐其字。殆亦当时说《易》之一证也。率胡程之论，必如凤之九苞，五彩而后可以羽仪一世，鸿之为禽抑末矣。何苞彩之足尚而必云路哉？夫物有贵贱、大小之差，声容文物亦各随其所用，凤之嬉弱水、宿丹宫，固翱翔乎？阆风之山而止东园，巢阿阁未尝不览德辉，而下之也。鸿之度雁门，出高柳，固饮啄于大池之水，而大夫执贽贵有行列，昏礼纳采取厥和鸣，未尝不延旭日于始旦也。然则光罗拂翼，何必非鸿？何必非陆？又何必无羽仪之可用，而必云路哉？顾今天下，张罗持翳，摧首铩翮，虚弦曲木，冥飞色举，于磐陵木之间，有戒心焉，而其象曰顺，相保也，不可乱也。愿守此而勿失。余录己酉以来诗，命曰："渐于"，其戒心犹是也。有客谓余少陵之言曰："老去渐于诗律细",侈矣哉。子之善自誉也。嗟乎！客其犹蓬之心也。夫少陵诗律千古顿门，乃其自考，犹若因乎为时之早晚者，自郐以下何问焉。渐之进也，往有功也，视后而鞭。窃以自勖，且与天下之学诗者共勖之尔。戊午仲春九日记。

江右萧孟昉五十应施伟长命

十年快读慧命篇，东涧老笔真如椽。（孟昉四十，东涧先生有《慧命》篇）秦淮花烛斗佳句，天孙锦灿琬琰镌。（诸名士有《孟昉秦淮花烛》词）自此神交得孟老，心期切切相倾倒。可惜思君君不知，三千道远伤怀抱。故人破腊传书至，一枝春动梅花使。报君初及知命年，寄我名笺索题字。东涧凭今不可作，释部儒门俱寂莫。葭苇卷轴不足言，万牛那媲一麟角。江南岁暮温如春，余久弃将笔砚焚。新年入手屠苏在，人日题诗喜及辰。昔有成言续佛命，龙宫永固金轮正。五十依然四十时，首楞旧证观河性。春浮园中草木香，逆风端不限河梁。莫愁缩地无灵术，日想长筵乐未央。

次韵送梅仙之新安

春风落日野云黄，橐笔囊书千里装。欲别百端缘我剧，相思一夕为君长。酒逢新友倾心醉，诗写苍山拂面凉。双鹄不期行列断,摧颓还惜羽毛伤。

次和洪觉范竹尊者诗 为牧云和尚

青青不与众芳枯,修影窗前别样癯。解向竿头呈妙用,曾将篦子觉凡夫。西天位里堪分座,禅月毫端许结徒。自在清风凭夏击,儿孙闻响荐来无。

次和鹤客雨中戏弈八首

细雨斜风暗卷帷,幽人坐隐亦相宜。谁从扰扰尘中客,说与仙家一局棋。

人境常扃白版扉,盘中燕影舞微微。分明鸟阵凭空布,一掌风云正合围。

丝丝微觉润莓苔,今雨还随旧雨来。愧我曾非萧处士,也欹乌帽一徘徊。(许浑《送萧处士》诗:"醉斜乌帽发如丝,曾看仙人一局棋。")

壁垒参差审势新,满盘鏖战动波旬。谁识橘里商山叟,总是无心与道亲。

酒侠诗豪未白头,二分春色一分愁。满盘看尽浮生理,苦笑人间局外谋。

夺角侵边意若何,闲情偏旁落花多。丁丁疏响濛濛雨,消得茶香醒睡魔。

春晖雨隙弄微黄，是处风吹草木香。少待青山理游屐，何妨负局任清狂。

点笔吟成字字安，卷中白雪斗春寒。不知樵客归来后，旁有何人着眼看。

送王石谷之金陵赴周司农栎园之招四首

碧月琼枝未易才，至今三阁忆崔嵬。凭君剪幅鹅溪绢，偷写钟山紫气回。

江流无恙布帆风，牛渚应参主客中。四座一时齐卷舌，有人挂颊望鸡笼。

玉树金钗曲未终，六朝荒草影重重。清游若向新亭过，为我停车问阿龙。

画手纷纷独出群，贵游历历尽推君。如何十丈生绡上，不写青云写白云。

题游仙诗卷二首

神仙有路白云封，欲访仙踪隔万重。千古燕昭并汉武，平判惟有郭弘农。

凡夫谁识有真诠，坎壈伤怀得几篇。不是梦中传彩笔，江郎容易拟游仙。

杂赠新安吴圣允三首

不是吴州即越州，山青水白任夷犹。千年世幻丁仙鹤，半夜歌长宁戚牛。转毂黚奴输力作，运车公子索闲游。从来大隐多朝市，奇胜何妨展一筹。

洛阳城郭抚铜驼，四十年来小劫过。客梦频牵吴苑遍，酒情偏傍越山多。闲人不解常舒啸，知己相逢一放歌。市隐自来多杰士，贩缯屠狗事如何。

不慕离尘不染尘，才长差喜得闲身。计然五策堪筹国，少伯千金只散人。衿佩清光仍历落，肝肠热血自嶙峋。看君黑发三千丈，也是周余古逸民。

次韵立庵见访

秋气正萧瑟，多君慰索居。谈空方器在，生白小斋虚。石老栖禅后（石林源公），文师学偈初（文石宗瘤）。东林三十载，未遣往来疏。

奉酬漱石许民部见诒二首

箧里常携未见书，江山词赋胜闲居。风生谢傅新葵扇，兴逐陶公旧笋舆。上坂谬曾怜病马，过河唯有泣枯鱼。阿蒙自省犹前日，搔首凭高一怆予。

握手都看白发生，相逢心许背时名。鲁戈落日挥难返，蜀栈悬崖划不平。诗入老来偏见骨，交经别久动关情。卅年博得今宵醉，明日登山且趁晴。

留题毛氏汲古阁

素业先芬在，全胜金满籝。春畴三耜动，夜火一灯明。禁酒那成国（斧季不饮），巢书即面城。每来探枕秘，老眼飒然惊。

斧季招同夜泛昆湖

更长且秉烛，举棹入平湖。月白浮杯满，天空去雁孤。笛声连暝树，山影接寒芦。隔浦闻人语，渔郎近可呼。

同民部宿斧季目耕楼

自得元龙卧，看成百尺楼。湖光先见月，天爽镇疑秋。古道乖时辈，清言压众流。夜霜红满树，有约更探幽。

和民部归舟阻风留宿致道观

黄叶青山满望中，多情惟有石尤风。留行花院疏棋静，惜别邻墙浊酒通。一夕乡心迷去住，廿年萍迹省西东。嗟余郁郁常居此，几向高天泣道穷。

次和雪庵上人藕香居韵

一把香茆盖顶余，何妨吾亦爱吾庐。比邻高树和烟赏，小径闲花带月锄。定久塔铃鸣续续，吟迟莲漏下徐徐。人间方外都拴腹，有约空山共卜居。

次和鹤客游鹁鸪峰

山到将穷处，高崖复陡开。沁泉幽磴滑，背石冻云颓。庵僻僧难住，峰奇客每来。自惭无济胜，空有梦徘徊。

和吴令仪雨中蜀葵

疏叶高花满砌阴，何年离蜀到如今。淹淹宿雨沉沉雾，辜负平生向日心。

再送原上二绝

菽水难宽行李愁,今朝得得上轻舟。苍山满眼归人路,清梦随君过越州。

几载过从索啸歌,白头倾盖不争多。西风落叶人千里,月白诗清奈尔何。

次韵送刘跨千之白门

登临送远意偏长,白日悬知骥足忙。画角商风经铁瓮,断崖残照过云阳。眼前尽是悲秋客,筵上那堪惜别觞。此去南楼多谳赏,有人谈笑共胡床。

次邵湘南闲居韵

湖外清湖山外山,邵平瓜地水云间。黄庭一卷棋三百,不是闲人莫叩关。

酬顾伊人见示四十述怀之作

珠标玉格出寻常,题品何人继子将。挟瑟朱门争倒屣,传经绛帐早升堂(伊人旧游东涧、梅村、确庵之门)。池塘好梦多春草，江国哀思满夕阳。携去新诗夸酒社，三千黑发岁初长。

归玄恭六十

儒风道行净名僧，变现多奇神鬼惊。姓字平参耆旧传，品流高压汝南评。酒龙跋浪沧溟立，文鬼依山紫气横。三尺纹楸千尺素，长围独扫借谈兵。

次韵酬冯补之见诒

老马岂真能识道，知音谁审蜀桐材。陈王文不愁弹射，杜甫诗须苦别裁。带索久谙贫足乐，拥镰今信晚堪哀。多惭玄草非吾事，户屦恒因问字来。

秋日鹤客招同白也居停枫江客舍次韵

携我秋江上，凉飙动八垠。吾徒聊隐市，世路岂知津。棋局经宵覆，琴床候月陈。自嫌常止酒，中圣未能频。

步寒山寺

平生怀古意，野寺一携筇。秋断风前梵，尘消夜半钟。精灵凭独树，雷雨动双龙（殿柱双龙屈蟠闻有灵异）。像设何人会，嬉怡只笑容（寺有寒山拾得像）。

十三夜张有年招游虎丘

入秋山势倍嵯峨，夜色微茫上薜萝。翠幕直教围树石，画船唯有载笙歌。九枝灯影梯岩偏，一片蟾光覆水多。最是武夷仙酎绿（时有年七十），挥杯不惜醉颜酡。

中秋鹤客同游虎丘

碧天无际接仙舟，彩屋红灯照古丘。试问何人不尽醉，始知今夕果无愁。赏心风景因君得，入眼繁华为我留。美酒十千歌百万，三分明月属苏州。

次和邵湘南移居二首

不是诗缘即酒缘，孤云去住尽飘然。劬劳念母经三徙，患难离巢近廿年。卜筑闲当寻菊后，装书忙越落枫前。新吟送燕谁相贺（君有送燕诗），寒雀城坳阵阵连。

岂俟经营断手年，入图家具及时迁。草香词客诛茆宅，其落南山种豆田。双塔鸦翻铃铎雨，小洲鱼动荻芦烟。此心如水看城市（所居近市），绝倒醯鸡瓮里天。

次和许侍御青屿过斧季斋韵

十里横塘一水通，采薪愁阻笑言同。品流已识风情简，评论都推月旦公。蠹简尚堪搜绿字，浊醪那必办青铜。归舟为问江枫落，何似山阴雪打蓬。

游穹窿山道观 从山阴披草而上，其阳平衍少树石，遥望诸山皆在足下

披榛入无路，忽已逼层穹。地阔迟飞鸟，云荒秀独松。玄都龙虎气，绀殿剑旗风。要识身居迥，诸峰俯视中。

咏积翠庵竹赠智远源公

山深不知处，忽得竹千竿。绝喜当门种，常便过客看。龙孙新长得，玉版乍参残。香实留招凤，青云想集鸾。斋钟侵戛击，佛火逗檀栾。老念支筇杖，清思制箨冠。即钦君子操，更结主人欢。个个皆尊者（洪觉范有《竹尊者》诗），应沾法雨宽。

次和鹤客四十述怀五首

一鹤横空下九天，因过访鹤识君贤。平原十日酣觞处，常夏清声警昼眠。

几年赵李断经过，湖海仍嫌豪气多。衰晚闭门还择友，有人中夜泣蒿莪（原诗有"莫报劬劳"之句）。

秋江邀我共题诗，排日清波照酒卮。最忆虎丘明月夜，玉箫金管放舟迟。

输人只似一枰棋，白首心期得汝知。自此十年平剑气，匣中无复辨雄雌。

诗酒云间愧不才（友人赠鹤客诗有"十年诗酒共云间"之句），五交未许俗情猜。年年一度书弧矢，早觉春风笔底来（其诞在岁杪）。

代题听松堂

潜虬拔地起千寻，鼓鬣扬鬐断续吟。白月翻涛侵石鼎，轻飙写影拂弦琴。六时籁动先通耳，一点尘飞不到心。知有幽人听未足，还嫌山水少清音。

诒陈剑浦一首

门前流水碧湾环,中有闲人昼掩关。杜甫茆堂原背郭,陶潜菊径只看山。心求茗理能通妙,名隶诗仙不入顽。笑指霜枫千万树,为君一夜发朱颜。

题沧渔图

七里滩头意,都将画里传。边头谁使马,江上独横船。赤鲤三辰护,灵鳌一钓连。纶竿犹汉节,泪尽海东偏。

次韵送吴令仪归郡

频年相向酒杯深,忽漫囊书返故林。贫里赠诗兼缩手,老来别友倍关心。寒禁窗畔孤梅信,风促楼头断雁音。百里苍蒹渺何许,好凭书尺款辽襟。

代赠白也生日

东风有信转乾坤,拂拂须眉白雪繁。壁里遗经秦处士,枕中鸿宝汉王孙。留诗是处多神护,嗜酒多年断妇言。携得真香满衣袖,仙班昨日下朝元。

酬张以纯惠衣

绵定奇温绽绮纨,袭衣珍重比琅玕。雪中不作袁安卧,天下还怜范叔寒。二丈穷裈成绝倒,百夫红毯付长叹。凭将缟纻追侨札,古道于今亦大难。

题雪渔图

一夜千山尽白头,冰壶清影落扁舟。知君钓术师龙伯,不掣零鳌不肯休。

觏庵诗抄卷第五　　渐于集二

乙卯人日风雪，同黼季山中早行，送东涧先生葬，兼示遵王

　　肠断梅花发故丛，空山赴哭及瞳昽。百年身世悲风里，千古文章白雪中。留谒不辞来孺子，起坟多愧葬扬雄。何人为琢寒山石，有道碑裁第二通（时未有志文）。

余年五十确庵贻以和章今其周申辄倚前韵为赠

　　大好千器界，支柱何人识。方州几点青，天地一丸墨。今古多弥缝，相尊得儒术。卷摛舒宙合，万理寸心毕。保此婴儿行，含贞还抱一。不分休宜三，逝求作者七。焚香但默坐，留草任披侧。蔼蔼瑞色生，填填浩气塞。鬼粟迸残纸，河岳摇老笔。心长薄储隐，名不挂举逸。多谢清风生，时时入虚室。嗟彼善嫁女，巧乎当窗织。自矜刀尺工，复倚针线密。不见明君去，

汉月凄悲箫。不见文姬还，边风弃屏息。巾帼夫何如，丈夫敢轻出。鹈飞辨苍素，鹃啼感南北。条戒触手棻，桑海一朝即。飞鸟将安止，牺鸡惮为饰。戢影避黎丘，摄衣去裸国。且觅桑话麻，豚蹄禳螟螣。垂帘开讲肆，谋道不为食。颜闵各深诣，房杜非诡得。铸士胜重远，高蹄间疏肋。张船传教呼，郑乡过车式。斯文砥狂澜，绝学炳皎日。夙昔明分义，赠处中心勒。依依珠玉光，形秽殊自失。东行星文动（时确庵侨寓嘐水），辗转慕俦匹。乌目有丹书，盍来步山极。

小山诗为陈沧渔雪渔

绰有为山意，巑岏叠石重。闭门游五岳，缩地望三峰。泉借茶炉沸，烟分桂鼎浓。相将拟小雅，词赋削芙容（楚词《淮南小山》，犹《诗》有《小雅》）。

次答何道林见怀

水部诗篇在，已看工力深。何当吟十载，示我到如今。须发冰霜入，乾坤烽火侵。多君四十字，字字故人心。

乙卯重九前五日集协能吴门寓斋限韵

谁是诗中第一豪,喜无风雨近登高。此时景物干吟笔,何处烽烟解战袍。放胆浊醪宽似海,明眸秋水碧于膏。奇怀共许良辰入,排日登临不惮劳。

张以纯留宿枫江客馆限韵

三年违此地,重到夕阳前。把酒先酬月,将诗欲问天。不知今昔异,唯觉弟兄贤。明发轻舟去,灯残意惘然。

次韵追和以纯中秋夜枫江对月

每逢秋始半,最喜一轮明。江阔痕微断,云消迹不行。人原千里共,天岂四时平。寄语悲秋者,休听树里声。

正月晦日钱黍谷大理,招集丹井山房看梅,分得萧韵

自锄明月长根苗,花院深深破寂寥。百岁闲情供点笔,四围清影入吹箫。早时有客吟官阁,今夕何人梦铁桥。红鸽尚余光潋滟,更添玉雪暖微宵。

南皋诗赠陈南浦

门临流水俯江郊，日对云烟援弱毫。自喜青山为伴侣，不将白眼向儿曹。径中芳草能来仲，篱下寒花索和陶。轻醉成乡应有记，南皋却指是东皋。

丙辰仲春十四日，过明发堂，有怀东涧先生

墓门风雨哀临穴，不到山中隔岁强。清涧声长闻笑语，老梅花发见文章。柴桑地僻还飞鸟，绿野堂空下夕阳。白首来游寒食近，一杯何处觅椒浆。

次旧韵赠梅仙五十

结交不相知，不如不相识。尔我各深许，写心非楮墨。何以仪古人，同方复同术。颇笑今旧间，只隔月离毕。昔人题门处，情态固匪一。永言我与汝，我长汝齿七。感时心久摧，怀古身常侧。太行当面起，迷阳举足塞。不识耕夫字，漫捉东吴笔。屹屹志炳烛，未绝老当逸。春草合穷巷，秋尘生陋室。君子贵秉道，越幅不敢织。廿载得吾子，义分明霜密。各姓叶埙篪，齐情感筎箿。子歌我乃和，我叹子亦息。指影并啼笑，倚楼共处出。朱鸟嚄依南，代马风嘶北。越吟楚有奏，

身意讵双即。缁素未许化,青黄敢求饰。诗开五字城,梦入华胥国。心根发华采,安从引螽螣。原贫本非病,季诺何曾食。洒翰意昌昌,飞文才得得。一滴沾凤髓,九鼎细羊肋。远游岂不好,人皆有矜式(时梅先授教毘陵)。行行渺何许,不计月与日。梁孟适异州,高举谢衔勒。怀哉胡不归,语君君勿失。黄鹄东南飞,羁雌慕俦匹。顾影伤摧隤,延颈意何极。

鹤客招游剑门历鸽峰,抵拂水山庄小饮,次来韵

物性苦久雨,尤喜春霖晴。一扫烟雾界,旋看花满城。胜事随境得,游兴逐人生。清波鼓棹稳,翠岫肩舆平。天支剑门险,云扶鸽峰倾。流泉铿古意,奇石柱今情。不知眼前事,何有身后名。再过平泉庄,残梅笑相迎。且拚尽一醉,与我共题评。佳招傥未已,明日春光明。

丙辰春日,陈在之客授隐湖,次和陆、皮郊居诗十首,邀余同作,率尔继声,事不一指,辞无伦次,聊以奉酬来美尔

闲庭唯鸟雀,消得闭门居。故旧三更笛,风尘一纸书。已应思到雁,未免叹为鱼(时方苦雨)。阅尽人间事,

都成鼠穴车。

春来连月雨,风卷几重茅。有土堪为室,无书可结巢。烽烟仍筚篥,文物独弦鲍。朋旧多疏索,虚论杵臼交。

凭雨看今昔,愁泞懒下床。长贫有骨相,不动是心王。天意初无准,人生何太忙。只余诗思在,弩末要争强。

老我无能者,何心问世知。醒嫌莲社酒,贫却草堂资。文士从伧父,将军孰可儿。眼空千载外,潇洒一题诗。

自能耽寂寞,莫漫款双扉。倩月评新句,留云补破衣。插随无酒去,铗傍有鱼归。世界邻虚里,微尘尚未微。

物态黎丘幻,羲占鬼一车。英雄草上露,富贵树头花。山僻青猿队,江清白鸟家。胸中尽无碍,不著事如麻。

兀兀成枯坐,开编白日残。穿杨便教射,出鲋爽持竿(宋玉《钓赋》)。不用矜兰佩,差宜制箨冠。传言诗酒会,年少尽登坛。

楚客何多事,陈词强问天。养文禁隐豹,喋口妥寒蝉。虚室生唯白,中区览独玄。多生余习气,拜石枕流泉。

长者终谁辈,轩车距席门。桐柚栖凤干,松蛰化龙根。礼乐残书卷，农桑老瓦盆。蓬头兼历齿，何事愧儿孙。

不材全社栎，所贵独无能。才大招时忌，资高得盗憎。丹从九转炼，心用八还征。世上图功者，医良已折肱。

丁巳人日，城南草堂雅集，同用城字

天心惜良日，假以三日晴。春寒风草草，佳招谶南城。瑟缩鸡窠里，主人挽袖行。招招觅舟子，野航犯冰棱。窸窣横塘路，如闻戈甲声。老成复年少，登堂杂相迎。各出新诗篇，就我索题评。醪茗有妙理，谭笑无俗情。高唤荀陈辈，仰天问占星。八闽尚格斗，三川正阻兵。句吴僻江介，风物独升平。东南财赋地，追呼昼夜惊。稍喜宽岁始，尚可数日宁。即事乐所乐，自余非所营。题诗缅达夫，离家得道衡（谓莆田林协工、协能）。头白此嘉会，慨焉念平生。

游大石山房次友人韵

细路山园近，轩窗豁远天。省心聊坐石，养目一观泉。笛韵清风乍，榷声白水偏。正思浮世事，林末动长烟。

舟中看雪用蒋文从韵

绥绥一夕洒林峦，双桨招携载酒宽。劫尽乾坤存太素，岁穷人物入高寒。禁多风雅篇中见，借少方蓬海外看。老我无才夸白战，醉歌欲起卧袁安。

过城南草堂晚酌池上限韵一首

平池延远眺，欣对晚山尖。有意怜夸父，无疑决郑詹。荷欹鱼避钓，林密鸟辞黏。此地宜深酌，当杯莫故谦。

顾湘源浙游归示见怀诗次其韵

不才甘自弃，行路敢辞难。杜甫无妨瘦，袁安却耐寒。阳阿晞发近，云梦著胸宽。愧尔逢人话，相思发浩叹（原诗有"斯言动良友，往往起长叹"之句）。

城南晚集次韵

客来落日边，鸟啼识故处。动酌区醉醒，干吟忘去住。水阔蘋风交，轩幽荷气聚。门迎荷篠翁，野兴悠然遇。

次和鹤客新葺小斋二首

新开杨子室,觉与俗情疏。漉酒逢良友,缄诗寄远书。委心观万化,赖古惜三余。投分同庄惠,相过共洒如。

幽居罕人事,远性识风疏。坐隐初移局,征奇别贮书。鹤归清梦里,琴入雅吟余。自爱吾庐好,陶家如不如。

剑村携酌城南草堂次沧渔韵

携尊来郭外,红褪渚莲时。地僻行人断,湖平落日迟。军须方急武,秋气总关诗。正上原头望,高天月一丝。

丁巳九月二日金阊舟次别林协能

信宿相随一舸轻,金阊衰柳乱鸦鸣。无多老泪重经别,有几同心更送行。百尺帆高秋水阔,一尊酒尽暮云平。分携目断方回首,始信我侪不世情。

赠陈均宁

人生秉微尚,高卑强难同。离离谷中草,矫矫山上松。及春非不好,劲节独隆冬。皇天下白日,昭昭

鉴余衷。勿谓匹士怀，而能屈相从。先民有诗书，开
向一亩宫。匣韬秋水剑，壁挂无弦桐。错落动奇咏，
大海生回风。我歌君且和，俱已六十翁。渺渺沧州兴，
吾道无终穷。

赠张以纯三十生日

自余五十余，识君逾弱冠。今岁甲子周，君才及
其半。君产白岳下，余家尚湖畔。千里天各方，同心
协爻象。芝兰喜相投，诗书从所玩。人生落地时，胡
越不可算。天心许相遭，近远互回换。岂无同袍友，
微尚岐河汉。岂无同室人，攸怀异冰炭。胡乃得二难，
如珪合璋判。唯昔降仙骥，丹顶素羽翰。鸣声即清越，
舞影亦零乱。传闻觅一见，遂造城南馆。截云留断雪，
果然得奇观。君家梦鹤梦，千古仍未散。怖鸽仿佛光，
驯鸥狎海岸。雀就掌中粒，雁避苏合弹。召此良有以，
匪由肃荐祼。敢谓一庭竹，漫遣王猷看。因披金玉光，
握手一笑粲。岂比鸠为媒，未假嘤声唤。倾盖成久要，
山石可使烂。过从无信宿，谭谐接昏旦。好花挹芳菲，
白月仰璀璨。新诗脱手吟，醇醪持耳灌。户里寒卧高，
钓下饥肠断。居然见推解，再歌复再叹。长君实告余，
客至君且窜。子来知何缘，言笑式宴衎。愧余老无能，
旧游久冰涣。偶然托末契，遂尔金石贯。信知三生因，

此理非诞谩。昨日复何日，星河夜昭焕。天孙罢机杼，凌秋渡微澜。人间痴儿女，望拜不辞悍。举世竞求巧，尔我事直干。余发已种种，君才独精悍。黍窃长以倍，蝗梁每颜汗。逢君初度辰，佳气满间闬。宵来朱雀窗，有客窃窥瞰。星驱月为御，轮节重扶按。群真倘下来，为君凤澡盥。

和陶饮酒二十首有序

余不好饮酒，而好读渊明《饮酒》诗。犹坡公所谓不能饮无出余下，好酒无出余上也。岁莫乘闲和如其数，以陶公之嗜饮，初不拘拘饮事，则余之不嗜饮，又何必篇篇有酒哉？顾酒人之言，恒多谬误。醒者之言，其谬误未必不多于酒人也。如以次公之醒而狂代为解嘲，则吾岂敢。

宙合非不广，出门无所之。且免穷途恸，亦异歧路时。永言窜樾荫，息影岂去兹。暗虫不自照，读书多所疑。缪思得一适，残简聊自持。

深亦不在水，高亦不在山。划然解厥会，所得君子言。礼耕义以种，力学多丰年。千秋贤与圣，异世薪火传。

屈子醒然者，千载得其情。有酒虽不饮，岂顾身后名。陶公乐陶陶，愿酒足一生。得酒终日醉，高名百世惊。当知身不立，醒醉两无成。

波平逝犹疾，云闲亦自飞。况彼狂驰子，能毋令人悲。孳孳名与利，中道失所依。坐见惊流竭，空云灭无归。贫贱不加损，富贵时独衰。匪石不可转，吾意讵能违。

门辞长者辙，鸟雀亦无喧。清晓把书坐，不觉白日偏。豁达窗户里，爽气来西山。长烟任卷舒，高云通往还。毗邪常杜口，孔子欲无言。

悠悠众有口，是非非所是。有誉必有试，况乃求全毁。敕断俗中事，吾党逝尔尔。且从饮美酒，何用服纨绮。

食蟹误八足，餐菊辨始英。读书不熟读，何以得物情。穷经良匪易，白首时运倾。乍历秋虫响，又接春鸟鸣。欣然一炳烛，开卷见平生。

许洞一竿竹，刺眼青青姿。清风吹叶叶，白日写枝枝。长影落平地，拔出胸中奇。猗猗渭川上，千亩夫何为。何如独立士，不受尘网羁。

日日造朋旧，壶觞为我开。何必值良辰，然后入奇怀。况兹值重九，吟醉不相乖。看君足幽兴，诚合买山栖。高竹多依石，新花不惹泥。清音自给耳，宛与宫商谐。今是昨亦是，涉途未曾迷。慨焉念岁暮，星纪又将回。

不拟送作郡，何假道娵隅。薙草披榛棘，明明出荒途。恶滩不可涉，折坂终难驱。安巢鹪已足，满腹戬有余。问君校书阁，何如草玄居。

生寄死乃归，彭觞何足道。悠悠世间人，恒嗟不及老。人生过下寿，已非望秋槁。我拟营兆域，茔中醉朋好。颇笑金碗出，椎埋盗其宝。何必丁令威，千年归华表。

一从桃源去，世代知何时。即非神仙伍，已与尘嚚辞。犹嫌渔人至，碍臆识今兹。向路不可得，千载令人疑。俗中烹宰事，传闻倘吾欺。惜哉刘子骥，规往天夺之。

历物无绐情，履事无执境。当飨不求饥，卜饮非谋醒。随君好身手，要当保首领。伊谁钝如椎，又谁脱若颖。勿逐日月光，而矜爝火炳。

过云上秋山，阊阖如可至。恍惚叩天关，沉沉大帝醉。虎豹何嶷嶷，重重著行次。一折陶公翼，抚已夺所贵。去来归去来，斯言良有味。

西蜀扬云亭，南楚宋玉宅。凭览周九区，何处无遗迹。破屋才数间，居此岁盈百。朝来荒草际，又见新霜白。忽然感天运，弃置复奚惜。

生年未及壮，桑海已屡经。何如历多劫，天眼见坏成。毗岚碎须弥，水火亦洊更。且从坐蒲团，柏子参前庭。把定月兔走，不放天鸡鸣。廓然器界内，有情非有情。

挥手时一招，忽然动长风。送目四海外，层云荡胸中。呼吸凭一心，帝座谅可通。苍苍固有道，未必曲如弓。

闲闲复闲闲，得得复得得。忧思渺然至，从明不从惑。茫茫身世间，千端不能塞。游心出霄汉，生地落水国。当非为壁观，终朝常默默。

平生高懒癖，未解干禄仕。蠹卷如春蚕，吐死自缚己。障面过朱户，扫门实深耻。有酒取薄醉，时一歌下里。频年罹旱涝，衣食无所纪。世乏阳道州，终岁寡宁止。先畴在草间，悲哉独何恃。

世中率百伪，不能敌一真。仰观黄虞代，犹逊怀葛淳。滔滔势莫返，悠悠日趋新。麟凤出衰周，鹿马乱强秦。咸阳三月火，时时见烟尘。以彼宫阙丽，不如陇亩勤。既耕暇还读，日与诗书亲。不问鹅飞泉，莫识鹃啼津。登山锐齿屐，冒雨折角巾。卑今抗古昔，知我是何人。

觑庵诗抄卷第六　　渐于集三

戊午正月十七日集鹤客斋限韵

　　客岁今宵赋落灯，旋从华馆聚良朋。愁逢饮处奇兵出，老觉吟边逸思腾。玉雪春回庾岭树，龙蛇醉扫剡溪藤。东风未信欺霜鬓，六曲阑干取次凭。

湘南剑村见过，适庭梅初发，小集其下有作见示，次韵酬之

　　破屋颓垣一树梅，自持标格护荒苔。才容残卷三间在，久断高轩二仲来。邻酒漫劳呼取至（玉裁出酒命酌），春风偏逐笑言回。好诗愧尔殷勤寄，不枉灯花昨夜开。

赠荣西园北游

　　轻装游子欲何之，闻道秋风附骥时。望里艰难思

老母，梦中宛转泥娇儿。帝城宫阙开图画，易水衣冠接酒卮。分付襄阳出床下，不才多病莫吟诗（时蒋莘田招同入京）。

中秋七日雨夜宿静寄轩限韵

老来疏放属狂夫，劝酒还嗔性更迂（白集《笑劝迂辛酒》）。生子未应胜栗里，哀时只许共唐衢。关愁白雨檐牙乱，就熟黄云陇首铺。为问中秋连夜月，肯容孀独照人无。

姚武功惠茗

夏景殊冲澹，幽人送茗来。紫芽涵细雨，碧叶长惊雷。香沁仙蝉润，清祛梦蝶回。未须生羽翼，怀抱为君开。

次韵题渠上小筑

地占茆塘去尽通，西来浦溆此投东。先时释耒农畴绿，竟夕鸣榔渔火红。梁阔载回双塔雨，帆轻吹过两湖风。新来谁讲三吴利，水势全收一望中（时有议开白茆者）。

同鹤客过沧渔楼头有诗见诒次韵奉答

弦琴风入壁间鸣，城下波回翠霭生。新雁著行应北至，残阳落影任西倾。诗穷饥鼠无留迹，秋老寒蛩强作声。不限三层断宾客，每劳释卷笑将迎。

次文从至日简寄韵

岸容山意待时舒，独有双眉锁自如。云物岂劳野叟望，天袄应谨史官书（是日天枪始见，兼旬未灭）。筋骸老去输松劲，兴寄消来与竹疏。堪笑毕生多习气，残编犹不废三余。

春正二日集云骧斋限韵

青鞋布袜过桥西，半月春风草未齐。爱看岚光心得地，怕谈时事耳封泥。安吟字句开颜笑，中酒情怀掩面啼。欲向山僧问离垢，早闻浴鼓渡清溪（饮罢浴于山寺）。

新正三日留沧渔小饮次来韵

春风春日泥春林，采胜今朝已耐簪。少答岁时唯薄醉，长留天地且狂吟。见来山气忘言在，问到梅枝讬兴深。莫向老钱论杖晚（沧渔年才逾艾，艰于步履），尧年曾把雉羹斟。

与在之饮周以宁斋兼示赵德邻

二十论心历四旬，互看衰发暗惊春。长贫念尔兼多病，无病嗟余只益贫。师友频年同相圃，文章千古接比邻。隙驹影里前尘事，一抚清觞一损神。

次答在之重用前韵见诒

九食何当阅几旬，无私亦忝荷芳春。乾坤浩劫终趋老，花柳韶华不救贫。甲第笙歌残北里，骚人词赋绝东邻（在之少工艳体诗）。卖文从道难为活，下笔年来倍有神。

壬戌十月之望，蒋文从招同闽中张超然、翁岸甫，金陵武夷白，同里钱湘灵、陈在之、贾幼陶泛舟西郊，至锦峰日已夕矣。舍舟登陆，歧路相失，文从独造峰顶，月昏径侧同游，窃窃虑之良久，乃下洗盏，更酌溯湖而返，以人影在地，仰见明月为韵，分得仰字

自有山川来，千古足奇赏。脱略若可忽，细领非

卤莽。经时处城市，尘坌殊滃渀。瞥焉念高深，寤寐劳彷像。古人昔游处，循时结遐想。佳招得今日，坡公信堪仰。虽非赤壁游，依然命兰桨。我愧云间陆，君实杜陵蒋。二仲或有馀，饮中仙可仿。山色青于眼，湖水平如掌。中起万道霞，丹枫蔽丘壤。日脚杂红白，月魄夹昏朗。抱琴即山麓，钟牙逝追曩。歧途一相失，登顿惑下上。宾朋半舟陆，主人蹋云往。夜山慎颠踣，远虑出惝恍。下来发一笑，何物葛陂杖。逌问世间人，毕生展几緉。中流恣夷犹，童稚促归榜。松门忽已违，芦汀不嫌枉。经过湖上居，堂阁颇轩敞。大半付瓦砾，斯心独悯悯。回看沧州趣，何似东西瀼。红烛夜徐徐，绿尊春盎盎。但少横空鹤，崆峒渺仙仗。眼前人世事，不满一席讲。黄帝有遗珠，将从索象罔。兹游虽细故，亦足启吾党。

人日张庭仙招饮怀尊甫鹤客

冲泥皓首不须扶，峭壁寒松抚画图。坐客区年兼醒醉，窗梅画地有荣枯。人应后雁归何日，时合题诗寄老夫。却喜父风真不替，纪群再世得吾徒。

陈在之作癸亥落花诗，其序曰：干穷于癸，支穷于亥。癸亥三春不日不月，蹊沉路断，时见落花，因有是作。嗟乎！岁穷于不日不月，人穷于无时无命。飘茵堕溷物，有如此人亦宜然。余读而悲之，为次其韵，夫亦穷者之言也，凡八首。

遗子余民小劫花，相遭脉脉感芳华。青阳鸾辂垂裳在，白水柴门步屐差。枝上君臣犹杜宇，人间青紫总虾蟆（南史卞彬赋）。低飞解有依根意，荡子如何不忆家。

中林无复一枝梅，花鞞春阑两孰催。断少神工能数雨，禁多怪事不惊雷。手风量药医才去（春来右手四五指患痹），眼翳征书客又来（去年至今右眼时见蝇飞）。会取佛陀拈笑处，本来无落亦无开。

暮齿衰花各有宜，分明人物与相期。无端昔雨连今雨，并得千枝作一枝。事到摧残成隙易，身安长养报恩迟。寻常护得还难护，世上初无一定棋。

同昏未抵日荒荒，生白才余一室光。落窠梨云寻旧梦，啾嘈梅月夺新妆（用赵师雄事）。情多浪喜依芳草，心死难飞绕画梁。正属好时偏雨妒，仍闻不杀有严霜。

剩许垂杨占碧流，牙樯玉勒不成游。一春禅榻宜花雨，万户农畴急麦秋。又育何从推兔腹，相看即恐戴鱼头。未谙渔父无仙骨，误引来时不少留。

断饮昏昏杂醉醒，懒回白首看青萍。山棱不助吟情健，水气浑抬战血腥。书裹生鳞封蠳螉，钓丝萦片颭蜻蜓。锦帆若觅雷塘路，腐草今年足放萤。

卓午熹微似夕曛，更无飞絮舞纷纭。杜陵客思年年雨，洛浦神光夜夜云。台上凤凰喑玉管，楼中燕子背兰棼。春明索莫如秋澹，谁为平将四序分。

裳衣古法剩渔簑，花落人头涨绿波。春事不随千劫尽，林神却送一期过。未须折角虚裁帻，不为观棋也烂柯。最是无声还贯耳，铜驼故里听来多（邓孝威有"铜驼故里落花声"之句，东涧激赏之）

同在之、以宁集德邻斋

五十云蓝落眼明（先有侧理之赠），腹脾兼愧软炊粳。轻风夜浅凝红烛，细雨春回动绿觥。一代氏名占食德，百年心迹见陈情。归来重省乡间旧，卧听邻鸡报五更。

次以宁韵寄德邻

欢颜争美万间宽，危语真愁触剑端。闷痒筋骸还雨闹，寂寥情绪更春阑。钝才岂必囊锥露，狂态何妨刺字漫。最是腕中新著鬼，怕书诗句与人看（新患指病不良于书）。

平水心索题石谷画册十绝

白云丙舍
静树悲风动，停停垂独角。犹是舍亲处，回首双泪落。

锦峰开障
何年巨灵胡，蹴蹋试两足。青苍倚天外，屏风张六六。

尚湖渔艇
一丝引千钧，一目网天下。未敢轻蓑笠，恐有钓璜者。

碧溪春涨
溪流历四时，泓静复萧瑟。天一固生水，春生从可识。

横塘夕照
相永天与水，西倾际东注。此时采莲人，已复荡舟去。

邻墅炊烟
村村急饔飧，青紫万道起。彷像柴桑翁，依依指墟里。

竹树清阴
欲觅身心轻，更荐裳衣冷。为语步骤士，此中好息影。

村月书声

开卷恣谣咏,晦明喜无那。连村夜如昼,声光两相和。

秋原牧笛

不落宫商调,岂拣柯亭竹。数声落日边,陇头禾已熟。

湖天雪霁

湖水涵天影,雪岸平日脚。回此世界春,母为怪萧索。

次张以纯移居韵二首

品流与世素萧疏,不用南阳问草庐。负载全家堪入画,经营只手废抄书。三年竹始连云暗,一日梅重带月锄(始迁不及三年,重有此役)。买宅买邻多故事,席门穷巷意何如。

诗史篇中见数间,日长鸣鸟近花关。张颠旧识南沙路,弘景何知乌目山。不隔素心常款款,自依同气共闲闲(前后所居,与予及其昆季甚近)。吾衰末契真堪托,饱饭残年任往还。

次扇头韵寄赠吴陵张石楼

人间重喜得诗豪,流品醇如近饮醪。深浅有痕江月白,卷舒无迹海云高。传君雅作千回赏,添我秋怀一倍劳。寄语能来长者辙,不辞荒径剪蓬蒿。

书扇示二饶

采采秋兰杂佩纫,莫知空叹国无人。一年以长从吾老,九食恒饥共汝贫。掌上雨云看末俗,眼中裘马记前尘。刹那又属观河后,父老东城剩此身。

湘南自海陵乍归即别口占一律送之

鳞鸿多怪寄书迟,短棹轻装慰我思。客梦千端江月见,归心一片海云知。句因耽癖军能张(去),酒为冲愁兵始奇。刚喜灯前重握手,临河又是濯缨时。

赠雪呼上人

世出男儿事,轻将将相饶。盖头茆一把,束肚篾三条。理学挥松麈,禅心封茗瓢。姓名人不识(本桐城方氏,恒以自讳),白发任飘萧。

二月一日枕上一首

幽思㝠㝠此心残，未觉乾坤眼界宽。非病不妨频伏枕，无粮何事转加餐。三更正听孤灯爆，二月犹惊一雨寒。明日樵苏浑不爨，休言愁绝太无端。

赠瞿剑村移居一首

稚川图画省当年，药臼茶铛共一船。用拙每惭输鹊巧，出幽多喜看莺迁。五山作冶遗风古（旧居莫邪城），独树为村落影圆。万里桥西潭更北，不离溪水听溅溅。

怀赵圣传浙行次周以宁韵

都无千里款襟迟，吴越天高总系思。念母应勤游子意，怀人兼助长年悲。发言醒醉虚论酒，信手输赢莫问棋。日月依辰重九近，寄言休负菊花期。

张以纯录余觌庵诗书此为赠

我有千首诗，多年闷匣底。脉望饥不食，伧父传相诋。往者未及壮，孟浪谋剞劂。或当问吴歈，岂能越巴里。

束板置高阁，且任祖龙毁。自此四十年，一意匿猥鄙。
未堪付弱女，亦勿付儿子。平生所藏书，丹黄迹累累。
性癖括奇秘，抄录护脑髓。乃落愚顽手，一旦云烟比。
常恐余此编，终焉作彼彼。幸哉搜敝箧，楮墨故宛尔。
开卷风捎捎，涉笔露沘沘。不遭溷中雠，不登籯中纪。
吾友得张仲，本属天都士。交我二十年，顾余惜暮齿。
请假勷手腕，成帙列棐几。糊口走四方，艰难担行李。
用此恒自随，湖海无远迩。归来迫相就，新篇索料理。
意欲藏名山，传人庶可俟。亦有少年辈，逐臭如兰芷。
吾其敢出手，俾尔漫臧否。多君意良厚，佳恶识所以。
古人有遗言，得一足知己。不知老且病，尚堪擘几纸。

跋

  觐庵陆先生生平著作甚富。戊申年自订《复存集》,将少年百艳诗,并《晓剑斋》《玄要斋》诸稿删削殆尽。自先君与之友,其所作辄为缮写,十余年,又复成帙。自丙寅正月,先生病笃,属先君曰:我平日风花雪月、忧贫叹老之什,皆可不存;存其师友往还、赠答几篇足矣。余无子,子能为余序而行之,予目瞑矣。先君子诺之,而未暇以为,转以命道淙。道淙惟宿诺之未践,即先志之未伸,勉力鸠工合成六卷。至于讨论、决择之功则出自无幹周先生,道淙不敢强作解事也。雍正元年九月,下浣张道淙敬识。

图书在版编目（CIP）数据

觏庵诗抄／（明）陆贻典著；周小艳，全广顺整理. -- 北京：社会科学文献出版社，2019.4
 ISBN 978-7-5201-4481-0

Ⅰ.①觏… Ⅱ.①陆… ②周… ③全… Ⅲ.①古典诗歌-诗集-中国-明代 Ⅳ.①I222.748

中国版本图书馆 CIP 数据核字（2019）第 047405 号

觏庵诗抄

著　　者 /	（明）陆贻典
整　　理 /	周小艳　全广顺
出 版 人 /	谢寿光
责任编辑 /	杜文婕
文稿编辑 /	李　伟
出　　版 /	社会科学文献出版社（010）59367143
	地址：北京市北三环中路甲 29 号院华龙大厦　邮编：100029
	网址：www.ssap.com.cn
发　　行 /	市场营销中心（010）59367081　59367083
印　　装 /	三河市东方印刷有限公司
规　　格 /	开　本：889mm×1194mm　1/32
	印　张：3.125　字　数：58 千字
版　　次 /	2019 年 4 月第 1 版　2019 年 4 月第 1 次印刷
书　　号 /	ISBN 978-7-5201-4481-0
定　　价 /	88.00 元

本书如有印装质量问题，请与读者服务中心（010-59367028）联系

▲ 版权所有 翻印必究